作業所『ハトさん』

あらいぐまさん

Araiguma - San

風詠社

もくじ

精神障がい者　7
転入生　18
学習すると……　26
誠の転進　35
目指すゴール　44
勉強会　54
猪熊の出現　60
ヒーロー惑星　72
誠の凱旋　80

猪熊との再戦 86
猪熊の断末魔 95
猪熊の復帰 102
幸せの果実 108
著者あとがき 116

装幀　2DAY

精神障がい者

夜が白み始め、やがて昨日と同じような1日が再び始まる。

平野誠は、目が覚めて、半身を起して、ベッドサイドにある金属製のパイプの手すりをつかんだ。

……冷たい……

誠は、手を引っ込めながら窓の外を見た。窓の外に見える木々を見て、夏の頃は、あんなに新緑に溢れ生気のある木々だったのに、冬になった今では、生気を失った大地にむき出しになっている木々の枝の様子が、彼に死後の世界を想像させて陰鬱な気分にさせている。

誠はフラフラと家の台所に行って、朝食のごはんを家族と一緒に食べた後、出かける準備を始めた。リュックサックに筆記道具を放り込んで、リュックを背負うと、誠は玄関を飛び出して車に飛び乗った。

誠の向かう所は、世間一般の普通の会社でなくて、精神障がい者達が集まる所である。

なぜ、そこに行くのかというと、彼は精神障がい者だからである。精神障がい者は虐げられた歴史があって、一昔前ならば病院に押し込まれて、そこで一生暮らすしかなかった。

しかし最近の精神病医療の潮流で、精神病を抱えた人達は病院から出て、一般社会で健常者と共に暮らす社会にしようという、機運が少しずつ高まっている時代だからである。

ただ、そうは言っても、一般の健常者の中には精神障がい者を理解ができない人達もいて、スンナリとはいかないようだ……。

そこで最終目的の社会復帰と病院との間に、ある程度症状の安定した精神障がい者が集まる中間施設ができるのは、当然の成り行きかもしれない……。

そういう場所を、「〇〇作業所」と言って、全国のあちらこちらにできている。

作業所『ハトさん』も、その流れに合わせて、何年も前に開所している。

そこでは病状が安定している精神障がい者が集まって、月曜から金曜までの間、内職の作業を軸に、支援員と呼ばれる職員と共に、精神障がい者の抱えるいろいろな悩みに折り合いをつけながら暮している。


誠は車のシートに体を沈めて、寒風が吹きつける中、地域活動支援センター作業所『ハトさん』に向かった。

誠には、夢があった。

……立派に社会復帰を果たし、その手にビックマネーを掴み、愛する人と共に、幸せに暮らす……

思ったようには、叶わないことに気付かない訳ではないが、だからと言って、代替の夢も浮かばなかった。

誠にとって、そんな叶え難い夢を実現するためには、そこに繋がる下位の目標を打ち立てることが必要だった……。

……「リーダーシップ」を発揮して、内職作業の生産性を上げて、その成果を今まで馬鹿にした奴らに叩き付けて、見返してやりたい……

そんな風に、夢に繋がる「下位の目標」を、誠は打ち立てた……。だが、クスリでフラフラな一介の精神障がい者の誠に、それができるわけがなかった。

それでも、そうすることによって、誠は「人は変われる」と信じて、どんな風に変わればいいのかも分からず、細々とそんな所を目指していた……。

車はK市の駅前の中心街を外れて郊外に向けて走っていくと、程なく作業所の駐車場に到着した。

建物の周りには、作業所にしている家を貸してくれている大家さんの畑がある。そこで採れた青菜を、大家さんが時々差し入れしてくれる。そんな大家さんの作った雪堀大根はビミだ。

大家さんの近所の人たちには、精神障がい者に対しての理解がある。

誠は、そこから少し歩いて作業所の門をくぐると、風除室を通って玄関の引き戸を開けた。そこに、友達の鍋島悠作がいるのを見つけた。悠作は、上着にヤッケの防水コートを着て、下はゴワゴワの茶色のズボンをはいている。

小柄に見えるやせ気味の体型に乗った頭は大きく、顔は青い血管の浮き出た広いオデコに銀縁のメガネをかけて、如何にも賢そうな雰囲気を醸し出している。

「おはよう、悠作」

誠は、中にいた悠作に挨拶をした。

悠作は、視線を誠に向けてにっこり微笑むと……

「おはよう、マコたん」

そういって、お互いに朝の挨拶をして、仲良く2人で休息室に向かった。

休息室には、3、4人の作業所の利用者がいた。

その中の利用者の純と光ちゃんが話していた。

「就活したけどダメだった。精神障がい者は、どこにも（会社に）行けないんじゃないか」

光ちゃんは大きな体を丸めて、両腕を両足の内側に収めて小さくなっている。同じ傷を持った利用者の純が、光ちゃんにやさしい言葉をかける。

「ここでゆっくりして、また探したら？」

光ちゃんは、青い顔をして激昂する。

「そういって、俺は何年我慢してきたんだよぉ！」

光ちゃんは激昂が収まると、カクカクと動きながら大人しくなった。

光ちゃんの気持ちがわかる利用者達は押し黙り、その辺一帯を暗い空気が包んだ。

その時、休憩室につながる廊下の先のロッカー室から、白熱電球の明かりが休憩室に漏れてきた。

周りの数人の利用者が、そっちの方を見た。

そこに可愛い女の子がいる。

ここの作業所の人気者の飯島綾香である。女性のわりに長身な綾香は、赤と白のラインの入ったフカフカの毛糸のセーターに、暖かそうな裏地のついたズボンを履いている。

ここの利用者の中に何人か、綾香のことを好きな人がいるのを知っている。

ただ、誠は、綾香とは年で言えば、ほぼ年代が近いのに、彼女とは決して容易に超えられない距離があった。

「寒いですね」

綾香の愛らしい声がする。

みんなは綾香に気づいて、口々に親しみを込めた挨拶をする。

「あやかさん！　おはよう」

「おはよう！」

満更でもない綾香は、みんなにニッコリと満身の笑顔を浮かべた。彼女の存在が利用者達の清涼剤になって、老若男女に関わらず、愛らしい姿を見たものに微笑ましさを感じさせている。

綾香さんを好きな人達の中に光ちゃんがいる。ちょっと太り気味だが、ネガティブな思いが少ないのか？　グリーンの色の服を好んで着ている。

特徴的なのは、光ちゃんの動きがカクカクしていて硬い所である。

そして、静かにしていたかと思うと、「そうですよね、そうですよね」と言って助走をつけて、ラインを踏み切ると、思いきり「ははっは」と大声で笑い、相手を笑わせようとするが……。

光ちゃんは、いつもそこで気の抜けた風船のように力尽きてしまい、再び大人しくなる。

たまにしか来ない人たちがいる中で、悠作、綾香、光ちゃんたちは『作業所ハトさん』に良く通ってくるので、何となく彼らとは気心が知れている。

誠は悠作の隣に座ると、そばに来るようにと綾香に声をかけた。

「あやかさん、こっちに来ないか？」

「ええっ」

安い女じゃないよと、お高くとまったが、嬉しそうな彼らの顔を見て（何かあるのかな？）と淡い期待をすると、綾香は誠の傍の少し離れた所に座った。

光ちゃんは、そんな誠の様子を羨ましそうに見ていた。

「光ちゃんもこっちに来る？」

悠作が光ちゃんを誘った。

「はい」

そういって、カクカクと動きながら誠の正面に座って睨み付けた。

悠作は、この展開を陰でクスクスと笑っている。

誠は光ちゃんを無視して、仲間たちに朝見たニュースの話を始めた。

「ニュースを見たんだけど、フィギュア・スケートの大会で、羽生結弦さんが、クルクル回って……」

　悠作も話す……。

「そうそう、四回転ジャンプや三回転、三回転半のコンビネーションジャンプを決めて優勝したのを見て、とってもカッコ良かったー」

　仲間たちは、「うん、うん」と頷いた。

　そんななか、光ちゃんは誠に対して挑戦的になる。

　助走をつけて「それがどうしたん」と、でも言いたかったのか？

「そうですね、そうですね」

　そう言って、闘争心を高めて誠をじっと見た。

　殺伐とした空気が仲間たちの辺りに漂って、何か起こりそうな奇妙な興奮を感じ始めた。


　その時、事務所の部屋で電話のベルが鳴った。

　支援員さんたちは別の対応をしていて、電話のベルはなかなか鳴りやまなかった。

仲間達も、喋るのを止めて電話のベルに聞き耳を立てた。

すると、誠はそのようすを見て、仲間たちの前でボケをかました。

「今の電話に、電話だけになかなかデンワ……」

仲間たちは、誠のボケにあ然として、フリーズする。

悠作が大きな頭を後ろにのけぞらせて「ははっは」と大笑いすると、仲間達は顔を見合せて「あははっは」と大笑いした。

そのことで、光の挑発的な勢いは風船の空気が漏れて小さくなるように萎んでいった。

作業所『ハトさん』では、何も起こらないのがいつもの日常だった。

転入生

綾香は、そこで、最近支援員さんから聞き出した『作業所ハトさん』のニュースを仲間たちに言った。

「そういえば、今日、新しい利用者が入ってくるんだそうです」

「そうなんだよ」

悠作が答えた。

綾香は体をモジモジさせながらコメントする。

「いい人だといいわね」

「うん、うん」

誠は綾香の意見に賛同した。すると、カクカク動いている光ちゃんに仲間たちの視線が集まった。

「そうだね」

光ちゃんは、それだけ仲間たちに言って黙り込んだ。

仲間たちの輪は、その後、自然に消滅した。


やがて朝の9時45分になると、支援員さん達が事務所を出て休息室にやってきた。

利用者の人たちも、それをみて休息室に集まると、朝のミーティングが始まった。

みんな、心に傷を持った利用者たちだ……。

このミーティングをしている休息室には、ベッドが3台、ソファーが2台あって、部屋の中央には、大きな長方形の短足の家具調テーブルが収まる大きな部屋である。

「おはようございます」

支援員さんの有希さんが、利用者の皆に声をかけた。すると、利用者の皆は元気な声で、「おはようございます」と返事をした。

その後、支援員さん達は、利用者一人ひとりに、今日の体調を確認する。「下痢、発熱、嘔吐」がないかという、クローズの様子と、「眠れなかった」とか「具合が悪い」とか「体調は、バッチリ」などというオープンな体調の様子、姿や声の様子から利用者のみんなの体調を確認していくのだ。

それが終わると、利用者たちは作業の内容の簡単な説明を受ける。

説明が終わると作業所関連の話をする。カラオケ会や、食事会などの日程や、「ハトさん」を訪れる人達の話が出ることが多い。

今日は、朝からじっと座っている新入りの可愛い女性のことについて、施設長の坂井さんから、利用者の皆に彼女の紹介が始まった。

施設長の坂井さんは、彼女を見て微笑む……。

「この人は、小川リサさんです」

利用者のみんなは、リサに注目した。

リサは、ふっくらしている体付きに、フードのついたパーカを着て、膝下15センチの赤と黒のチェックの柄のスカートを履いている。

リサは、口を開いた。

「初めまして、私は小川リサです、リサポンと呼んでください。好きな事は、絵を描くことと誰かを応援することです」

「おお」

利用者のみんなは、リサさんを好意的に受け入れた。

「僕、光です。光ちゃんと呼んで下さい」

唐突な物言いだったが、リサは終始微笑みを絶やさなかった。

支援員の有希さんが、それを見届けると、「じゃあ、朝の体操を始めましょう」

そう言って支援員さんは、「広がれー」というジェスチャーをした。

みんなは、それを見て、休息室の方々に散らばった。

今日の光ちゃんは格別に元気一杯だ……。誠は、体操をすると体が温まるので、結構楽しんでやっている。

「イッチ、ニ、イッチ、ニ、……」

やがて体操が終わると、誠や仲間たちは、支援員さんたちが作業の準備を終えるまで待機した。

待機していた誠は、施設長の坂井さんから事務所に来るように言われた。

誠は（何だろう？）と思いながら、他の人達を置いて事務所に行った。事務所に入ると、そこは窓際に長脚のキッチンテーブルがあり、その壁に沿うように、パソコンや書類の棚に個人情報の書類が無造作に並べてあった。

施設長の坂井さんは、早速、誠に話を切り出した。

「他の人に指示を出して勝手に動かさないでください、支援員でもない、利用者の貴方が言うと、『何だ、支援員でもないくせに…』と、思われて、みんなに嫌われるわよ」

誠は、その事を聞いて「ハッ」として、施設長の坂井さんを見上げた。

……リーダーの真似ごとをしていた自分の行動が、そんな風に映っていたのか……。

誠には、その事実をすぐには受け入れられなかった。

施設長の坂井さんは、誠にそれだけ言うと、行ってもいいと云う身振りをしたので、誠は事務所を出た……。

「ちっ……」

誠は、施設長の坂井さんの言葉に怒りを感じた。

そこで、休息室のソファーに座っている悠作に、この怒りをどう思うか？　聞いてみることにした。

「悠作、ちょっと来てくれる」

誠は、支援員さんに言われて、テーブルに新聞を広げて作業の準備をしている悠作を呼んだ。

「何々、マコたん」

悠作は、大きな頭を揺らしながら誠の傍にやってきた。傍に来ると、メガネを指で整えた後、ジッと誠を見た。誠は悠作に言った。

「あのう、さっき施設長さんから、皆に指示を出すと嫌われるって言われたけど、どう思う？」

悠作は「そうだね」と、ストレートに答えた。

「えっ」

誠は、その返事の様子に唖然として頭が真っ白になるとともに、「ひとは変われる」という「誠の想い」が壁となって立ちはだかった。誠は、その壁を越えられず、「変われない」という現実に打ちのめされて、利用者の皆に働きかけるリーダーシップを奮わなくなった。

それからというもの、誠は周りに干渉しないようにして、怠惰な様子で、何事もないような毎日を送っていった。

ところが、ある日、利用者の新人のリサが誠の仲間達のところに来るようになると、どこかから聞いたのか？　誠がボス・キャラになりたいと思っていることを知って、誠を捕まえてボス・キャラになるようにと迫ってくるようになった。

「貴方、自分のやりたいことはやらなきゃダメよ」

誠は、リサの話を聞きながら、やりたいことがあっても、やっていいことと、やってはいけないことが、あると思うのだけど……。リサは、ぷくぷくっと膨れて、誠を非難する。

「根じょうなし、何のために生きているの？」

誠は、素直に答える。

「分からない」

そこで、リサは宣言した。

「貴方、ここのボス・キャラになりなさい」

誠は思った。

……ボス・キャラかぁ、悪くない……

誠は、リサの剣幕に押されて、リサと二人三脚で、ボス・キャラを目指すことになった。

学習すると……

そこで誠は、手始めに、支援員さん達のする作業の準備を勝手に代わりにすることにした。

誠は、そうして作業の準備の手順を理解したら、仲間たちに声を掛けて手伝ってもらうつもりでいた。

誠は、作業の準備をしながら思った。

……これは、仲間たちの仕事ではないかもしれない……

それから1、2か月くらい経った頃、1人で準備をしている誠の様子を、みんなは不思議そうに見ていた。

誠は作業を通してでしか、彼らとの繋がりが作れないから、(シマ)を手に入れないと、いけなかったからだ……

やがて、誠は（シマ）を手に入れ、作業の内容を学習した。

……よし、手順はわかった……

そこで誠は、人の良さそうな仲間達に声を掛け始めた。

「手伝ってくれませんか？」

すると、綾香ちゃんが答える。

「はい」

二人は、楽しそうに作業の準備をした。

準備が終わると、誠は綾香にお礼を言った。

「ありがとう」

そう言って、誠は綾香に、にっこりとほほ笑んだ。支援員のソルトさんは、そんな誠を苦々しく思っていた。

「誠さん、アンマリ周りの人達を、自分の思いどおりに動かさないでください」

「いいじゃん」

誠は、支援員さん達の事なかれ主義を、眉をひそめて聞いていた。

そんなある日、光ちゃんは、仲の良い綾香と誠について感じたことを言いあった。

「誠の奴、ちょっと偉ぶっているよね」

「まあまあ……」

綾香は、にっこり笑って、その話を濁した。

誠は、作業所『ハトさん』の仲間たちにとっては、3年しか経ってない新参者と云うだけでなく、それ以上の何か、悪い所があるようで、彼らの心を何故か？ 不快にさせていた。さらに、リサと組んでボス・キャラを目指していることが、彼らとの間に大きな軋轢を生んでいた。

いつものように、空気の読めないリサは、誠を見つけると「こっちに、おいで」と言って手招きした。

誠がリサの傍に行くと、リサは上機嫌で話し出した。

「おい、誠、リーダーシップの本に書いてあったぞ、褒めて、叱って、励ましてってねぇ……」

「……」

誠は、リサの言う、ボス・キャラになるための硬い話もいいが、リサを自分の彼女にして、一緒に楽しく、「恋人ゴッコ」したい気持ちもあるのだが……。

そこで、誠はリサに言った。

「リサポン、その淡い色のズボン素敵だね」

「そうか」

リサは、誠の脱線する話がリサの硬い話のバランスを取り、満更でもなく喜んでいた。

誠も、ちょっと変わったリサに心奪われていた。

誠は、そんなリサを見て思った。

……リサのことが、少しずつ好きになっている？　……

そして、誠の仲間たちとも、もっと深い仲間同士の付き合いをしたいと、勝手に考えていた。

そして、なれるのなら、誠は、ボス・キャラになって頂点に立ってみたいと妄想を膨らませた。

そんな誠には、親友の悠作がいるが、リサとの相性が悪いのである。誠は、賢い悠作を相談相手にしようとするが、誠の気分が乗ってくると、悠作は勝手に休もうとするので、深く付き合おうとしても、思うほど当てにはならなかった……。

リサは、放っておくと周りの環境に配慮しないで、重戦車のように、誠と一緒にボス・キャラを目指して、勝手に驀進するようになった。

しかし、リサと誠は、ものすごい精神エネルギーを消費した割に、満足な結果を得られなかった。

誠は、その結果が不満だった。

すると、リサは、何処から持ってきたのか？　誠に一冊の本を差し出した。

でも誠は、リサの持ってきた『リーダーシップ』の本に、書かれたように、ボス・キャラを目指す気になれなかった。

リサは、肩を怒らして興奮している。

誠はリサに聞いた。

「リサポン、これでホントにいいの？」

「これでいいのよ」

リサの話は、きっと何かおかしいのだが、リサの説明を聞いていると、誠は自分の力が足りないのだと思って、なんとかリサの期待に応えようとさらに頑張った……。

そんな様子を見かねた支援員さんの一人のソルトさんが、誠に注意してくれた。

「誠さん、本のようにはいかないのよ」

ソルトさんは、無表情に流すように言った。

誠は支援員のソルトさんに一度否定されると、誠の全人格の全てが否定されたという思いになって、言われたことを理解することができなかった。

誠がそのことをリサに話すと、「ソルトさんの言うことは、違うわ」と言って、言葉を濁すばかりだった。

心が折れた誠は、綾香につらい気持ちを打ち明けた。

「みんなのためだったのに……」

すると、綾香は、かわいそうな人を見るような顔をしてその（シマ）を離れた。

誠は綾香にすがった自分に憤慨した。

……自分は、こんなに、情けない人間だったのか？　……

家に帰って一人で考えてみると、知識と現実は少し違っていることを理解していった。

誠は思った。

……ボス・キャラを目指すからいけないんだ。これからは、皆の一段上に立って声掛けするまい……。

悩んだ末、今までとは違う方向に方針転換することにした。

誠は次の日から、作業所『ハトさん』で、おっかなびっくりしながら、言葉を選んで話しかけていた。

誠は、一つひとつ、納得できる言葉を確かめるように、支援員さんの人達に言われたことを守りながら、作業全般でなく自分の作業に限定して声をかけた。

綾香は、今まで作ってきた作業所ハトさんの雰囲気を壊すような誠の行動を、何処かで憎んでいた。

しかし、これからどうなるか、彼らの行く末を見てみたいとも思っていた。実は、綾香は、誠の行動力を買っていたのである。


そんな中で、作業が終わると、支援員さんのソルトさんは、誠が、良く使っていた『ありがとう』の声かけを、支援員・特権でするようになった。

それはやがて、支援員さんたちの方針が、ほめて伸ばそうとする流れに、向かっていった。

そのことで、作業をしている場の空気が良くなっていった。

そのきっかけを作った誠は、支援員さんたちから、褒められることはなかった。

誠は、なんだか疎外感を感じた。

それでも、その心を抑え込みながら頑張った。

この経験をきっかけに、誠は、仲間たちと一緒に成長する「癒し・キャラ」で、いこうと考えるようになった。

それは、春の梅の花の咲く頃の事だった。

誠の転進

そんなある日、博学な悠作が、誠が心を入れ替えたことを感じて一冊の本を貸してくれた。

「マコたん、この本読んでみる？」

「いいの？」

その本は、機能的な記録の付け方の本であった。

誠は、その本を元に、他の人達の優れた点を記録して、その点に関連する本を漁って、そのことについて研究して自分の行動に取り入れようと考えた。

そのことをリサに伝えると、リサは憤慨した。

「思いついたら一直線、初志貫徹しなきゃダメじゃない」

「……」

誠は言った。

「可能性のないことにエネルギーを、つぎ込むわけにはいかない」

リサはハッとした。

……そんな事を言った、人が、いたっけ、その人は、私に、そんなに強くなくたって、いいじゃないって……

リサは、ガクッとうなだれて、「いつでも良いから、困った時は、相談に乗るから話して……」

誠は、「うん」と、寂しそうに一つ頷いた。


その頃、綾香は、支援員さん達から誠達の極秘情報を入手していた。

それによると、小川リサは、猪突猛進な頑固者で周りとトラブルを起こす、トラブルメーカー……

鍋島悠作は有名大学を中退、学はあるが行動力が無い…。

光ちゃんは事なかれ主義で、人畜無害……。

ところが、平野誠は、プチ・リーダーシップはあるが極度の秘密主義で、どのくらいの力があるかは、こちらからは、はっきり読み取れない……おかしなことをいっぱいしているが、その都度うまく切り抜けている。

そのレポートには、そんな彼らの情報が記されていた。

綾香は思った。

……この「誠」って人に、ちょっと興興味を感じるわぁ……食事に誘ってみようかしら？　へへっ……

さて、困った。誠が目指したボス・キャラから、性格が違う癒しキャラに鞍替えすることは、そう簡単なことではなかった。

我が身を振り返ってみると、自分のコミュニケーション能力には、難があるのは分かっている。

そこで、記録の付け方の本を、「悠作」から借りたので、試しにそれを使って、コミュニケーションの能力をアップさせることについて、記録を付けながら実地を通して学ぼうと考えた。

そこで白羽の矢が立ったのは、話し上手な施設長の坂井さんだった。

誠は早速、施設長の坂井さんの素敵な仕草について、思った事をランダムにメモやノートに記録しはじめた。

そんな様子を光ちゃんは、拒絶反応を起こして見ていた。

光ちゃんは、誠に言う……。

「そんな、簡単に性格なんて変えられない……」

光ちゃんは、知っている。

……そんな記録を付けたって、それを、生かすことなんてできる筈がない、それは無駄だ……

光ちゃんは、そんなことをする誠をバカにしていた。

誠は、そんなことはお構いなく、簡単な記録を付けて分析することを繰り返した。

まず、誠が最初に気が付いたのは、話を最後まで聞き、途中で話の腰を折らないこと……

頷きながら、「うん、うん」や「うん〜」と頷きながら、相槌を打って、相手の話したい気持ちを引き出すこと……。それらは、昔から言われていたことなので、簡単に納得することができた。

しかし、ここからが難しかった。これだけでは会話が続かないからだ……。

誠は、施設長の坂井さんの素敵なところは分かるのだが、どういう仕組みなのか？　分からず、自分の中に、上手に取り入れることができず、袋小路に入っていた。

そんなある日、誠は悠作に声を掛けた。

「悠作、聞いて欲しい……」

悠作は、こっちを見てにっこり笑った。

今日の悠作は、珍しく落ち着いているので、誠は安心して隣に座った。誠は悠作に、早速、コミュニケーションについての考えを求めた。

「悠作、話し上手になるには、どうすればいいんだろうか？」

「？」

悠作は、首を傾げて言った。

「話し上手になるには、意識をもって経験を積むしかないよ……」

「！」

誠は、「この手のやり方に、王道はないんだな」と、思い、悠作の指摘を受けて、無い知恵を集めて、自分で正解を導くべく考えを練った。

その頃、会話の本を読んでいて、共感の言葉「ホントだね」「分かる」「確かに」という言葉を使うと良いことを知った。

さらに「凄い」とか「嬉しい」という感動を伝える相槌があることも……。

しかし、頭の悪い誠は、それらを上手く取り入れることが、なかなかできなかった。

そこで、さらに施設長の坂井さんの素敵な会話の進め方を取り入れようと、観察を続けた。

やがて、坂井さんの会話のコツが少しずつ分かってきた。

「うん、うん」や、「うん～」と頷いたり、「～ですね」と、おうむ返しをしたり、「そうね」、「そうなんですね」と相槌をうって、相手の話をしっかり受け止めていることに気付いた。誠は、話し上手の良い点を素早くメモした。

そこで誠は、これらを使えるようにするために、光ちゃんと話して経験を積むことにした。光ちゃんに白羽の矢を立てたのは、話し好きで、多少迷惑をかけても許してくれそうな人なつこさが彼にあったからだ。

そんな、ある日、誠は作業室のテーブルに座っている光ちゃんに話しかけた。

「今日の、漬け物切りの作業はどうだった？」

「うん、大変だった」

「うん、うん」

誠は光ちゃんに、うなずきながら言った。

「そうね」

「……」

誠は思った。

……ミスった……。

誠は光ちゃんと話しながら、会話がしっくりこないのが不満だった。


何度かやってみて、共感の相槌である「ホントだね」や「分かる」や「確かに」というフレーズを取り入れて話したが、思ったようにいかなかった……。

そこで、誠は、会話のことについての本を読んだ。

「会話は、気持ちと気持ちの交流だ」と書いてあった。

誠は、そうなんだと思い、感情を伝える相槌である「良かったんじゃない」、とか「嬉しかったんじゃない」という言葉を、意識して使おうと考えた。

でも、どうしても、最後の壁を超えることができなかった。

結構良いところまで来ているんだが、合格点まで至らなかった。誠は、合格点にいかないことに困惑して、自分が価値のない人間のように思えた。

……私は、ダメな人間なのか？　……
誠は、また袋小路に陥ってしまった。
それは、若葉の生い茂る初夏に向かっていく、ある晴れた日のことだった。

目指すゴール

誠は、この窮地を突破するために、博学な悠作に再びアドバイスを求めることにした。悠作は大きな頭をくらくらさせて、休憩室のソファーに座っていた。

誠は、その隣に座って、やる気のなさそうな悠作に話しかけた。

「悠作、話をして良いかい」

悠作は、誠を見て、つまらなそうな顔をした。

「いいよ」

「はい、それでは……」

誠は、悠作に疑問をぶつけた。

「聴き方が、上手にできないんだけど、それをどう思うか聞かせて」

悠作は、やれやれといった感じだった。

誠は、素早くメモ帳を取り出した。

誠は、考えていたことをメモにした紙を見せながら、悠作に一生懸命になって話した。

悠作は、そのメモを見ながら、少し考えた後、慎重に口を開いた。

「人って言うのは、自分の話を聞いてもらいたい生き物なんだ、『それ、どういうこと?』『もっと聞かせて』『それ、教えて〜』と言って、一段下がって相手のかゆい所を見つけて、話を引き出すことが大切なんだ」

「おぉ!　そうだったのかぁー」

誠は、悠作のアドバイスに突破口を見いだし胸躍る心地がした。

その数日後、誠は光ちゃんと話をして、アドバイスの効果を確かめることにした。

作業を終えた後の休憩室で、光ちゃんを誘った。

「光ちゃん、ガンプラの『百式』買ったんだって」

「うん」

二人は、ソファーに座る。

「ハイグレードの奴で、武装が充実している良い奴だ」

「へぇ～凄いね！」

誠が驚いた後、光ちゃんの声が大きくなった。

「可動範囲が多くて、いろいろ々なポーズがとれるんだよ」

誠は、おうむ返しをする。

「ホント、それ、いろいろなポーズがとれるんですね」

「うん、とっても、かっこいいんだ」

誠は質問する。

「ガンプラは、他にもあるんですか？」

「うん、３体ある」

「３体あるんだ……凄いね！」

誠は、話を掘り下げる……。

「ガンプラについて、もっと聞かせて……」

「ガンプラはね、作るだけじゃなくて、飾って眺めると楽しいんだ……」

「分かる」

「こいつは指揮官タイプの奴で、人気があるんだ。でも、あんまり飾る場所がないけどね」

「ガンプラを、戦う様子にしてかざりつけるのは、いいもんだね」

「ははは」

その後、会話は延々と続いた……。

誠は、光ちゃんとの会話が上手くいき、宿願だった話し上手のコツをつかんだ。

しかし、それでも合格点をはじき出し、壁を超えることができなかった。

リサは、最近活発な誠に元気をもらい、リサもリサなりにコミュニケーションの研究をしていた。

「マコたん、相槌を使いこなせば、話し上手になれるかな?」

「できるよ、リサぽん！　私も、リサポンを応援するよ」

リサは、誠に「うん」と頷いた。

お互い同志であることが、２人の間に、友情から淡い恋心となって深まっていった。

　周りから見ると、ちょっと可笑しな2人だった。

　一方の悠作は、今日も貧血気味なのか、皆と話をするのが億劫らしく、何となく怠惰な様子だった。

　綾香と光ちゃんは、音楽関係の軽い話をして楽しんでいるようだった。それは、いつもと変わらぬ日常だった。

　ところが、誠の変化は事務室のなかで話題になっていた。

「最近、誠さんが元気になったね」

「そうね」

　支援員さんの有希さんは、心配そうに言う……。

「コミュニケーションのやり方を勉強しているみたいだけど、周りの人達に、それを強引に広めようとして、周りの人を巻き込んで騒動を起こさないといいんだけど」

「確かに」

支援員さん達は、施設長の坂井さんの一言に頷くと、お互い「そうね……」と言って誠の状態を推し量った。

ソルトさんが暗い顔をして言う……。

「誠のことは、猪熊さんが黙ってないでしょう……」

施設長の坂井さんは思った。

……猪熊さんかぁ……

施設長の坂井さんは、「ふー」と一つ溜息をついた。

その頃、誠は、自分が事務所の中で注意すべき案件になっていることは知らなかった。

そんなある日、綾香がふらっと誠たちの（シマ）に来ると誠に話しかけた。

「誠さん、最近、病気がよくなったんじゃない……」

「そうかな?」

綾香は目を大きくして、誠を不思議そうに見ていた。

どうやら綾香は、最近活発になった誠の秘密を探りに来たようだ。

綾香は、誠に尋ねた。

「会話が上手になったね、マコたん、私にも話上手になる方法を教えてよ」

誠は綾香の様子を見ながら、どう答えていいか考えていた。そこで、誠は綾香に、正直に言った。

「話し上手になる方法は、まだ良く分からないんだ」

綾香は、誠の答に期待が外れて残念がると、「はぁー」と溜め息をついた。

可愛い綾香とは、何度か楽しく話をすることがあって、リサのヒンシュクを買ったが、リサとはまた違った、今まで誠の周りにいなかった、大人の女性を意識させる綾香だった……。

誠は、その流れとは別に、ずっと頭を悩ませていた困った癖について、自分なりに工夫して克服することにチャレンジした。

それは、誠が相手に敵対すると暴言を吐いてしまう癖を、漫画のように切り返して、その欠点を無力化することだった。

その狙いは、敵から自分の心や身を守りながら、相手の出鼻をくじいて煙に巻くやり方である……。

誠は考えていた。

……脅しとは何か？　「何か」あって、それに対して軽く脅して、「ふん」と言いながら、相手をいなして失笑して煙に巻く……。

……それは知っている……

誠はそこで、深く息を吸い込んだ。

……じゃあ、その「何か」って、どう捉えるのだろう？　……

誠には、脅しを利かせる仕組みが分からなかった。

誠は、知っている。

……憎しみや復讐心ではなく、また恐れたり萎縮したりすることが無いのなら、言われたら言い返し、やられたらやり返し、力で負けたら知恵でやり返す、……

誠は、ぎゅっとこぶしを握って思った。

……こうしたぶつかり合いが自然の働きであり、そこから、お互いの理解や友情が生まれるという……


これは、仏教の本に書いてあった。

誠は、その考えを元に、脅しについての仕組みを解明しようと考え続けていた。

誠には過去の間違いから、相手と戦う事について迷いがあったからだ。


そんなある日のことだった。

お下劣な人達が、昼から卑猥な話を始めた。

誠は、こういった話が苦手だった。

誠は、いつものように、その場を離れようとしたが「逃げるのか?」と言われ、お下劣な人達に難癖をつけられて、引くに引けなくなってしまった。

誠は、下を向いてフリーズしていたが、ふと、「○○さん、それはちょっと気持ち悪いな……」と言った後、相手の顔をキッと睨んだ。

気まずい沈黙の後、「ふん」と言って、相手をいなして失笑すると、『ちょっと、君とは違うぞ』と、言うところを、見せつけた。その経験から、誠は、「何か？」と、言うのは、無理難題や拒否のことであることを知った。

やがて、そういった衝突を容易に起こせる、女性が良く使う「ちょっと……何それ、最悪っ！」という言葉の武器を覚えると、誠は身を守ることができるようになって、作業所『ハトさん』の中で、頭一つ抜きん出ていった……。

それは、夏にかけ足で変わろうとする頃だった。

勉強会

ある日のこと、光ちゃんが誠に感嘆しながら言った。

「マコたん、変わったね」

「そうかなあ？」

誠は、みんなに羨ましがられて、恥ずかしくなった。

長方形の大きなテーブルに、光ちゃんや綾香ちゃんや悠作、そして、リサと誠が集まった。

すると、誠の考えた、コミュニケーションについて、話が始まった。光ちゃんが、誠に不思議な様子で言った。

「マコたん、話し上手になるにはどうすればいいの？」

リサは光ちゃんの話を聞いて慌てた。

リサは、聞きたいのは私の方だとばかりに、光ちゃんの席を割り込んで押しのけながら、誠の近くに行った。

でも可愛い綾香は、そんな様子を静かに遠くから興味深く見ているだけだった。

誠は、皆に控えめに話し始めた。

「相手に挨拶したり関心を寄せて、話す切っ掛けを作るんだ、話が始まったら、『うん、うん』という頷きや、『そうなんですね』『そうね』、『～なんですね』という『事実』の相槌と、『感情』についての相槌、例えば、『面白いね』『楽しいね』などの相槌を駆使して、相手が聞いてもらえたと感じるくらい、相手の話をじっくり聞くんだ……」

誠は、核心に迫っていく……。

「会話の目的は、相手の話に共感することだから、話を受け止めたら、時折、共感の言葉である『分かる』『ほんと』『確かに』と言って、相手の話に共感するんだ……」

誠は少し戸惑いがあったが、話を続けた……。

「共感できなければ質問するんだけど、例えば『それ、どういうこと?』、『その後どうなったの?』『それ、どんな気持ちなの?』、『その話もっと聞かせて』、『それ、教えて』と、相手に話をしてもらいながら、共感できることを探すといいんだ!」

誠は言葉に力をこめる。「共感できることが見つかったら、共感の相槌である、『分かる』、『ホントね』、『確かに』などを言うと良い。その後、自分が理解したことを相手に伝える、『~は、嬉しいですね』、『~は、面白いですね』という感じで、理解したことと感情を一緒に伝えることです……」

「そうね、もし感情が良く分からなかったら、単純に相手の言ったことを、おうむ返しすると良いんじゃない……かなぁ……」

悠作は、そこで重要なポイントを彼らに話す……。

「大切なのは、話は、『こう言おう』と考えるんじゃなくて、感じることなんだ。相手の気持ちに注意を向けて、話を聞きながら何かを感じたら、それを表現するだけでいい……」

リサが補足する。

「相手に思いを伝えるには、何も言葉だけでなく、感情を伝えるための擬音である『ああ～』、『おお～』『えぇ～』などがあって、そこに言葉を加えることによって会話を盛り上げ、実りあるものにするのよね……」

「そうなんだ」

光ちゃんは、驚いた。

誠は「ウン」と、悠作の締めの話に耳をそばだてた……。

悠作は得意げに言った。

「そうね、その相手の話に、自分の似たような体験の話をする『自己開示』をすると、相手との間の距離がぐっと縮まるんだけどね……」

悠作は、細い指で頭を掻いた。

「確かに聞くのも大事だけど話すことも大切だ。確かな言葉で自分の立場を守り、相手に自分の考えや思いを伝えて、相手の知恵や力を借りて、自分の人生をより良いものにするためには、大切なんだぁー」

リサが、その点について知っていることを言う……。

「そう、そう。相手に、共感を求める言葉である、『でしょ、でしょ』を言うと、相手がそれを受け止めてくれて、満足感が得られるのよ……」

悠作は、「そうだね」と、同意した。

仲間たちは驚いた。

「へぇー」

悠作は、自分の持っている知識を披露できて鼻高々だ。

「凄い……」

光ちゃんが言う…。

「悠作は、傾聴の技術を持っていたんだね」

「いやいや」

悠作は照れていたが、仲間達は悠作の知識に目を大きく開けて「凄い、凄いぞ」と、驚くばかりだった……。

誠は、その様子を見て思った。

……今みたいに、悠作の持っている知識を、もっと仲間達と築く新しい世界のために使ってほしいな……

仲間たちは輝く未来を想像して、思わず嬉しそうな微笑みがこぼれていた。

だが彼らは知らない。誠を主軸とする仲間達を懲らしめようとする、猪熊とその仲間達の敵意が満ちていることに……。

綾香は支援員の人達と協力して、今のような雰囲気を発展・持続をさせるためにはどうすればいいのか？　データを取っていた。

誠を取り巻く状況は、だんだん複雑化していった。

猪熊の出現

作業所「ハトさん」に、以前、支援員のソルトさんが心配していた、禿げた頭にヨレヨレの紺色のジャンパーを着ていて、朝食べた食べ物の残りカスがズボンについて茶色くしみ込んでいる男が来た。

その、不潔な男を、猪熊聡と言う……。

猪熊は、作業所『ハトさん』の仲間たちに対して、恐ろしい様子で接して言葉汚く罵ってくる。

そして、仲間の同士で話をしている時に、無関係の猪熊が何の前触れもなく彼らの話に割り込んで、勝手に話を仕切ろうとする。

そして、その話の主導権を握ると、猪熊は彼らを怖がらせながら声高に自己主張して、自分の意見を相手に無理やり飲ませる。

作業所のみんなは、そんな猪熊の行動を不快に思っていた。仲間たちは猪熊のことを、残飯を漁る汚い奴で、突然、訳もなく怒り狂って突進してくるイノシシみたいな奴だと思って、心密かに馬鹿にしていた。

だが、猪熊は、多くの仲間達からバカにされていることに、気付くことはなかった。

そんな、猪熊が問題になるのは、最近の新潟の厳しい暑さに負けて、避暑地とばかりに、作業所『ハトさん』に、ひんぱんにやってくるようになったからだ。

誠は、ある日作業所に行くと、ある異変に気付いた。

……おや？　何か騒がしい……

どうやら、また猪熊が弱い利用者を狙って誰かと争っている気配がする。

「馬鹿野郎、俺の言うことが聞けねぇのか？」

「……」

猪熊は、作業所の弱い利用者の一人であるクロウともめているようだ。

猪熊は一方的にクロウに因縁を付けていた。

「おめぇは何てことするんだよ、イライラするよなぁ」

クロウは、猪熊を怖がっている。

猪熊の目的は、作業所『ハトさん』でボス・キャラになって、作業所の皆を恐怖を源泉とする力で支配することだった。

猪熊は格下に見ている彼らを馬鹿にして、彼らの価値を無理やり落とすことによって、相対的に仲間たちの上に立って優越感を感じていた。


そんな猪熊は下等な喜びを感じるために、飽きもせずに皆をバカにすることを繰り返していた。

何故そんなことをするのか?

それは例えて言うと、誰かが手を掛けて丹精込めて耕した幸せの大地に実った果実を、耕した人たちの了解も無く、暴力的な力で奪い取って、猪熊が自分だけ幸せになるためである。

猪熊の夢は、このようなことを繰り返して、作業所『ハトさん』で一番の幸せ者になることだった。

そこで猪熊が目を付けたのが、誠達が（シマ）で一生懸命に作った幸せの果実だった。

しかし、猪熊の誠たちのその果実を奪う企みは、何となく阻まれていた。

猪熊の企みの障壁になったのが、誠とその仲間たちが集まった群れだった。

猪熊は思った。

……誠の奴は、何かと目障りだ……

猪熊は誠を、潰す決意をした。

そこで、猪熊は戦闘員を集める。

とは言っても、子飼いの信義と寅蔵だけだが……。

猪熊は、そこで2人を招集した。

猪熊が誠たちと戦える様に戦闘準備を整えたある日のことである。

作業室でお昼の食事を終えた後、そのまま1時間ある休憩時間になると、支援員さん達は事務室に引き上げていった。

すると、作業室は人もまばらで閑散となり、猪熊達が、ここで戦いを仕掛ける最高のお膳立てができていた。

この舞台は、作業所の建物の中で一番大きな部屋になっている場所だ。

そこは台所の流しや冷蔵庫、最新式のオーブンや、テーブル、椅子がいくつもある多目的室である。

そこは作業する場にもなっている。

蛇足だが、作業室の外にある風除室はタバコの部屋になっていて、喫煙者が、そこで暑さや寒さに耐えながら、毎日スパスパとタバコを吸っている。

一方の誠とその仲間たちは、静かな休息室に集まって、楽しく雑談しながら今日の疲れを癒していた。

「疲れたね、お疲れ様……」

「はい」

男性陣は、今日の疲れにそれだけ言うのが精一杯で、体が思うように動かず疲労困ぱいだった。


そこに嫌われ者の猪熊がやってきて、誠のそばにきた。

すると、猪熊は誠に因縁を付けて戦いを挑んできた。

「おう、誠！　好い気になっているなよ、ちょっとコッチに来い……」

誠は、突然のことで驚きながら振り向くと、青筋を立てた猪熊の顔があった。

「声が大きいですよ、みんな、ビックリするじゃない」

「ふん」

猪熊は、誠の反撃をやり過ごした。

ところが、傍にいた悠作は、とりあえず丸く収めようと、猪熊に「あのう……」と声を掛けた。

すると猪熊から「馬鹿野郎」と余計な因縁をもらい、悠作は猪熊の雄叫びの恐怖で全身が硬直して、オデコの筋からは幾筋もの冷汗が流れていた。

それは、まるで蛇に睨まれた蛙である。

そんな悠作を見て、誠は思った。

……悠作は、こうゆうのには向いてないんだよなぁ……平時に強くて、戦時には弱い性格なんだもんなぁ……

そこで誠は悠作に、光ちゃんと綾香を連れて後方の別室へ後退するように言った。

悠作は了解して、光ちゃんと綾香を連れて別室の部屋へ後退していった。

猪熊の招きで大きな部屋の場所に行ったのが、誠とリサだった。

誠は思った。

……まだ、これなら一対二で数で押せば、この危機を乗り越えられる……

でも、猪熊は涼しい顔をしている。

……俺の強さを思い知らしてやる……

そう思って猪熊は、自分の不利な状況をコレッポッチも気にかけないで悠然と構えていた。

　誠は猪熊に文句を言った。

「自分のことばっかり言うなよ、それは自分勝手な話じゃないか？」

　誠は必死に抵抗した。

　そして、リサが誠を援護する。

「そうよ、マコたんがどれだけ苦労したと思ってるの」

　猪熊は自分勝手な理屈をこねる。

「力の強い者が天下を取るんだよ、勝てば官軍ってばよ」

「……」

　二人は猪熊の勝手な言い草に呆れていた。

　猪熊は誠を、猪熊の力でねじ伏せられれば一番良いが、そうでなくても、ここの権力者は俺だと作業所の皆に印象付ければそれでよかった。

　何故そんなことをするのか？　それは、彼が精神障がい者だからだ。

　そこで決定的な差を、猪熊は誠に見せつけることにした。

猪熊は叫んだ。

「おい、野郎ども！　こいつらに顔を見せてやりな……」

「おお」

奥に控えていた信義と寅蔵が、鉄仮面の様に無慈悲で残虐な顔をしながら、「オメェは、嫌いだぜェ」という気持ちを前面に出して、前線に突如として現れた。

「……」

これには、さすがの誠とリサも驚きを隠せなかった。

……こんなに、強い人達がいたなんて……それに、他にもまだいるかもしれない……猪熊は、なんて強いんだ……

すると猪熊達は、動揺している誠とリサに向かって、束になって総攻撃してきた。

信義が吼える。

「誠、おめェは目障りなんだよ、愚図は愚図らしく大人しくしてハジケルんじゃねェぞー」

誠は思わず口をかむ。

「ぬ」

すると、寅蔵が猪熊の優等性を称える。

「この猪熊様は、この施設を作るとき、猪熊様の親様が莫大な寄付をしたんだぞ、お前なんかにそれができるか。『けっ』、足元にも及ばないぜぇー」

猪熊は、2人を見てご満悦だった。

最後に、猪熊が2人を脅した。

「オメェたちは、何がしたくてそんなことをするんだってばよ、それはやがてみんなの負担になって苦しむことになるんじゃないか？　てばよ……」

猪熊の言葉を聞いて、誠に迷いが生まれた。

……俺がしてきたことは、みんなの負担だったのか？　……

誠の迷いは、辛うじて保っていた戦力のバランスを崩して誠の戦線は崩壊した。

戦意を失った誠とリサは、戦域の大きな部屋の場所から逃げ出した。猪熊は、逃げていく2人に「ははあ」と笑って、下種の笑みを浮かべた……。

戦いは終わった。

誠とリサは、この失態を作業所の皆に見られて、冷たい視線を感じると心が引き裂かれるほど辛くなった。

リサが誠に悲しそうに声を掛ける。

「負けちゃったね」

「ああ」

誠は、リサの視線を外しながら、呆然とした顔をして悲しそうにしていた。

誠は、明らかに打ちのめされていた……。


リサは思った。

……マコたんは、私が守る……

リサは誠の肩に自分の肩を寄せて、何も言わずに、誠の悲しみが癒えるまでジッとそうしていた。

誠は悔しくて情けなくて、リサに気づかれないように一粒の涙を落とした。

リサはそれに気づいたが、見て見ぬふりをしていた。

リサは思った。

……涙が流れるほど、一生懸命に努力したんだね、誰にでもできることじゃないよ……

誠は、辛かった。

ヒーロー惑星

暫くすると、誠の心は猪熊に負けたという現実に居た堪れなくなって、男のこころの奥深い世界にあるという、ヒーロー惑星に旅立った……。

残されたリサは、「えっ」という感じで、誠の心が自分の手の届かない所に行ってしまったと号泣した……。

気が付くとリサの傍らに綾香がいて、リサを慰めた。リサは綾香に訴えた。

「彼のもとで、彼を慰めてあげなくちゃ……」

綾香は、首を振った。

「誠の心が、私達の所に帰ってくることを信じましょう」

リサは、それが正しい事だとは思えなかった。

リサが思ったことは、誠の元にいて、彼の悩みを聞いて、慰めて、応援することだった。

でも、心の奥深いヒーロー惑星に行った誠と交わすリサとのこころの交信は、ままならないでいた。

リサはそれが悲しくなって涙を流すと、そばにいる綾香も一緒に泣いた。

リサは、やがて落ち着くと、綾香の話にコクリと頷いて、誠の様子を遠くから見守ることにした。


それからの誠は、魂の抜けた虚ろな人間になった。

作業所のみんなは、誠のあまりにも不甲斐ない様子を見て呆れると、相対的に猪熊の株が上がっていった。

……我らのボスは、猪熊様だ……

その結果、誠が一生懸命作ってきた仲間、「マコたん・ブランド」は、猪熊によって音を立てて崩壊した。

誠は、（シマ）に戻り「マコたん・ブランド」の再起をはからねばならなかった。

だが、誠は、自ら行動を起こす気にはなれなかった…。

支援員のソルトさんは、「知らぬぞんぜぬ、臭いものに蓋」で、この行為を黙殺した。

事務室では、この件について有効な手が打てなかった。

誠は思い知った。

……どうせ、また幸せの果実を作っても、猪熊やその二番煎じのような奴らに取られてしまう……

誠の心の中には、猪熊の恐怖が心のキャンパスを覆うように広がっていた。

その頃、悠作と綾香は、元気のない誠の代わりに、他愛の無い会話で仲間達を楽しませたり、皆で作業を行い、作業の後は皆でトランプ遊びをして誠の穴を埋めていた。

一方、誠に勝った猪熊と言えば、得意絶頂になって、ガゼンと気持ちに勢いがついた。

猪熊は、作業所で朝から、「俺は、『ボス・キャラ』で、とっても偉い人間だ……」と、思わせる嘘八百の武勇伝を、作業所「ハトさん」の皆に話してご満悦だった。

何も知らない作業所のみんなは、猪熊の業績に感嘆の息を漏らした。

猪熊は、それが嬉しくてたまらなかった。

そんな中で、誠は猪熊と反対に、自分の心の弱さに独り密かに苦しんでいた。

誠は猪熊に敗れると、大切に築いてきたモノ全てを失い、すっかり気持ちが落ち込んでしまった。

誠は独り寂しく夏の暑さに耐えながら、自分の苦しみについて、あれこれ考えていた。誠は、自分のやりたいことや、現実では何ができるのか？　考えても、それを覆す答えが出ず、２つの狭間で揺れて苦しんでいた。

……自分は、無力な人間だ……

誠は深い深呼吸の後、自分の家の部屋で扇風機のツマミを回して、その風に涼をとっている……。

誠はその後、手を伸ばして、卓上鏡で自分の顔を見た。無精ひげが生えていて少々疲れているように見えた。

誠は、その顔を見た時、過去の辛い経験をはっきりと思い出して消沈した。それは一般社会にいた時、ルールを作ることのできる強い人間にエデンの園から排除された経験だった。

猪熊の背後には、何か得体のしれないプレッシャーを感じる。それはきっと、支援員さん達のようなルールの作れる強い人間のことだろう……。

そういう人たちのバックにあるのは、大勢の大人であり、世の中である。世の中がおかしいとは思わないが、精神障がい者になって自己決定力を失った誠の感覚では、社会人の時より今の方が、生きづらさを感じることが多い……。

誠は、猪熊の背後にある恐怖の源泉を知っている。

猪熊に対してどうするかは、猪熊だけでなく、その上のルールを作れる強い人間である支援員さん達の「容易に知ることのできない考え」に影響される。

誠は考えた。

猪熊に対抗した誠の力の源泉は、（シマ）の仲間たちであったが、その源泉は猪熊とその仲間に奪われた。

誠は認める。

……俺は、弱い……

猪熊との戦いで落ちぶれた自分のことを、仲間達は蔑みの目で見て、自分を嫌っているのだろう……。

誠は、そんな風に思って、悲痛な思いを抱いて自分の殻の中に閉じこもっていた……。

リサは誠の友達の悠作のところに行った。

悠作に誠を励ましてくれるようにお願いするためだ……。

リサは悠作を見つけると、強引に話し始めた。

「悠作、マコたんを、励まして……」

「……」

悠作はリサの強引な話に肩をすかして見せた。

「そうね、リサポンの気持ちは、分かる…けど、これはマコたんの問題で、僕がどうこう言える問題ではないんだ……」

悠作は、細い目をして、ふっと息をついた。

「リサポンって、誠を愛してるんだね……」

「はあ?」

リサは、真っ赤な顔をした。

「僕は、マコたんが、どんなに苦しくても、みんなのところに帰ってくることを信じている」

リサは言った。

「私だって、信じている……けど……」

悠作が見たリサは、けなげで、とても痛々しかった。

悠作は、遠いヒーロー惑星を見上げた。

……マコたんは、苦しいんだね、寂しいんだね……わかっているよ。でも、僕は、あんなに学んでも、どうしていいのか分からない……マコたんを見守っているだけしかできないなんて、僕も辛いんだ……

猪熊の勢いの凄さが目立つこの頃、その真逆である誠は、毎日悲痛な思いで過ごしていたが、それを打ち破ったのは意外なことがきっかけだった。

誠の凱旋

ある日のこと、気持ちの読めない光ちゃんが誠の傍に来て、小さい声で言った。

「いろいろ教えてくれてありがとう、僕はマコたんがいないとダメなんだ」

光ちゃんは、確かに自分を必要としているという趣旨のことを言った。でも、誠は、いくら考えても必要とされていると思えない……。

「そんな筈がないよ」

誠は、光ちゃんを真剣に見返した。

誠は光ちゃんの様子を見て唐突に笑うと、光ちゃんは誠の笑い声に釣られて「ははは」と笑った。

誠は、光ちゃんに言う……。

「光ちゃんの好きな、テレビ番組のMステ見るよ」

「そうですか、面白いですよ」

誠は光ちゃんの一言で、自分は独りじゃなかったことに気付いた。

そのことで、彼の心はヒーロー惑星の殻から離れて心の元気を取り戻しはじめた。

誠と光ちゃんが繋がると、そこを目指して綾香とリサが集まってきた。リサが誠に声をかけた。

「マコたん、元気になった？」

「まあね」

リサは元気になった誠を心密かに喜んでいる。

リサは、もしもの時を決めている。

……マコたんが辞めたら、私も辞める……

そんなリサの思い、誠が好きで守りたいという気持ちが、誠と、その仲間たちにウマク伝えられない、もどかしいリサだった。

すると悠作が、誠に「やあ」「やあ」と言いながら、照れた笑いを浮かべてやってきた。

「マコたん、また一緒に勉強しようー」

悠作が誠に言った。

「ああ」

誠は、悠作に、にっこり笑って答えた。

綾香は、誠の元に集まってくる彼らのことを見て思った。

……貴方は、きっと自力でこの局面を切り抜けられる、私は貴方の理想に賭けるわ……。

誠は、みんなの前で呟いた。

「私が、立ち上がるのを待っていたのか？」

悠作は、「そうだよ」と言った。

「リサポンも、光ちゃんも、綾香も待っていたのか？」

リサが、みんなの代表となって大声で言った。

「待っていたわょ……」

仲間たちは、にっこりと笑っている。

誠は、遥か遠いヒーロー惑星から凱旋した。

誠には、心から湧き上がる熱いものがあった。

誠と、その仲間たちは再び結束した。

光ちゃんは、誠の復活に喜びを感じ「チョー、チョー」と言って、コブシを天に突き出した。彼らは急速に元の勢力を取り戻していった。

そして、前よりもさらに大きな力が、そこにあった。

「いいんですか？」

信義が猪熊に言った。

緊張感のない寅蔵は寝ている。猪熊は、誠と誠達の変化を感じていたが、「どうせ、また軽く潰してやるわい」と軽く考えて、何ら有効な手を打つことはなかった。

「馬鹿野郎」

猪熊はクロウを張りセンで痛めつけて、悦に浸っていた。

猪熊は誠を甘く見ていた。

そこで誠は、猪熊から奪われた（シマ）を取り戻す作戦を考えはじめた。

誠は考える。

……力ってなんだ？　……

確かに猪熊と戦う時には、猪熊だけでなくその上のルールを作れる強い人達の大きな力が邪魔になる。

それを避けるには、ルールを作れる強い人間「支援員さん達」の大きな力の動きに注意しなくてはならない……。誠は考えた。

でも、その種の力は無欠ではない。強力なのが故に最初はゆっくりとしか動かせず、その力のインパクトが決まるまでは時間がかかるからだ……。

その大きな力が誠の頭上に落ちる前に猪熊を倒せば、この勝負、勝てるかもしれない……。

誠は確信した。

……勝って、安心して仲間たちと過ごせる、自由な世界を取り戻そう……

誠は、そこで時間との勝負に賭け、短期決戦での猪熊との対決を決意した。

猪熊との再戦

誠が決意を固くしたある日、自分の部屋でエアコンをつけて、涼をとってくつろいでいると、ウトウトと寝入ってしまった。

誠は、長い夢を見た。

それは、滑稽で痛快な猪熊と戦う夢だった。

夢の中で、誠は猪熊と戦う作戦を練っていた。

誠は思った。

猪熊と戦って勝つには、明らかに劣勢な戦力の差をどうやって、埋めればよいのだろうか……。

さらに誠は思った。

……今のままでは猪熊には勝てない……

戦いが始まるまで時間があまりない。その間に何とかしないと……。

しかし、普通の考えでは簡単にその穴は埋まらない……。誠は、そのことに焦りと迷いが募るばかりだった。


長い夢は、戦いの始まりへと移っていった。

誠は、夢の中の自分の部屋で、カラーボックスの簡易本棚をじっと見ていた。本棚の陰にある、名刺サイズのカードの入ったケースに手を伸ばした。

ケースの中には、5人の名前と連絡先が記された5枚のカードがある。その内の1枚は亡くなった人のもので、それを除いて残った4枚の中から1枚を手に取った。

誠は思った。

……私を覚えているだろうか?……

誠は迷った末に、携帯を手に取って連絡した。

誠は夢の中で、その相手とつながった……。

夢の場面が変わって猪熊との戦いの用意が整うと、誠は支援員の少ない今、猪熊との戦いを始めることにした。

誠は、光ちゃんと綾香を後方にさがらせて、戦いに巻き込まれないようにした。

悠作は後詰めで、誠が猪熊より優勢になった時、戦いに参加する手筈だ。


誠は、戦う！　……。

作業所「ハトさん」の昼の休憩時間に、猪熊に戦いを挑むため、リサをつれて作戦を開始した。程なく誠とリサは、ターゲットの猪熊を捉えた。誠は用意しておいた因縁を猪熊に吹っかけて、リサと一緒に、猪熊にむけて戦いの火ぶたを切った……。

「おいコラ、猪熊！　いい気に、なってんじゃねぇぞ！」

誠は、そう怒鳴って猪熊にガンを飛ばした。

リサは、可愛く……

「なめんなよ」

「？」

猪熊はビックリしたが、テメェなんか怖くねぇぜとばかりにガンを飛ばし返した。

睨み合いの中で、視界の広いリサが、猪熊の仲間が猪熊の応援に来たと誠に耳打ちした。

「ん」

誠の勢いは、少し無くなっている。

すると誠は、リサに「安全なところに行くように」と言った。リサは、マコたんはダイジョブなのかな？　と思っていたが、怖くなったので言われた通り後退した。

誠は、その後、簡単に3人の人間に囲まれた。

リサは思った。

……マコたん、全然ダイジョブじゃ、ないじゃん……

しかし誠には、臆する様子が全く見えない……。

リサは、思った。

……マコたんには、何か策があるのだろうか？　……

猪熊の仲間は、誠の胸倉を掴んで左右に大きくゆすった。

「へへッーおめぇ、ションベン、チビッタか?」

猪熊は、誠に、お下劣な言葉を浴びせた。

配下の2人も、誠を小馬鹿にしてハシャイデいた。

猪熊が調子に乗って吠えた。

「世の中は力の強い者が勝つんだよ。てめぇみたいな奴は、強者のエサなんだよ。オイ、何だよ、その目付き。魚の腐った目だてばよ……」

猪熊は、誠を吊し上げてやりたい放題だった。

リサは、『こりゃダメだ』とガッカリしながら、成り行きを見守る。

誠は、敗北に向かって一直線の、孤立無援の絶体絶命の窮地だ。

その時だった。

大きな影が動いた。

「ガサガサ」

物音がする。

誠は思った。

……来たか……

その時、突如、大男が現れた。

男はすぐに、猪熊の仲間達の2人を相手に、恐ろしい形相で「ウラ、ウラ」と叫びながら迫った……。

猪熊の仲間たちは驚いて応戦するが、男は大きな体で目の前に立ちはだかって、恐ろしい形相で相手を威圧した。

お互い睨みあって対峙すると、その男は何も言わず、猪熊の仲間たちの前でポキポキと指を鳴らしてみせた。

猪熊の仲間たちは、その行動に「男が何をするか？　分からない」という、言い知れぬ恐怖に震え始めた。

猪熊の仲間達は、その男に痛みの伴う暴力を振るわれるのではないかと怯えると、浮足立った。

少しずつ、猪熊の仲間たちは後ずさりしていく……。

猪熊が、『お前ら、逃げるんじゃない』と大声で言って、猪熊の仲間を踏み留まらせようと鼓舞する。

男がそれを見て「おおおー」と「雄叫び」を上げると、猪熊の仲間たちは「もう、やってられない」と恐怖を感じ、猪熊を置いたまま一目散で逃げだした。

猪熊の戦線は崩壊した。

猪熊は逃げる事も叶わず、その場に立ちすくんだ。

誠はすぐに、その男と2人で猪熊を囲んで威圧した。

誠が猪熊を責める。

「猪熊、貴方は強者ではないようだな、カスみたいな奴だぜ……」

男が誠の後ろに控えて、ジッと猪熊を睨んでいる。

猪熊は、怖くて仕方がなかった。

さらに、悠作に来いという合図をして猪熊の傍に来させて、3人で猪熊を怖がらせた。

猪熊は、自分の状態に愕然とした。

リサは、増援が来ないか周りを見ていたが、誰も来ないと見ると、猪熊をビビらせることに参加した。

形勢は、男の出現によって一瞬で逆転した。

誠は、戦いのヤマを越すと男に声を掛けた。

「のぶゆん、良く来たな」

「おぅ」

のぶゆんと呼ばれた男は本名「大山信行」と言って、空手をやっている武闘派の誠の友達だ。のぶゆんは、格闘技をやっているだけに、背が高くて細マッチョである。

屈強な男で、ゴツゴツした顔つきが凄くて、戦えば鬼神の様に恐ろしい……。

作業所「ハトさん」のみんなは、このケンカを遠くから見ていた。

優劣は、誰の目にも明らかだ。

誠たちは、猪熊に勝利した。

そして、何事にも動じないのぶゆんを見て、仲間たちは「MVP賞は彼のものだ」と思った。

みんなは、のぶゆんを見て思った。

……のぶゆんは、カッコいいなぁ……

のぶゆんは、そんな雰囲気が皆にあるのが分かって、心地良かった。

猪熊は、戦意を喪失した。

猪熊の断末魔

戦いが一段落して、彼らは猪熊を見ていた。

猪熊は、この場を一刻も早く立ち去ろうとしたが、腰を抜かしてしまい、床にはいずりまわってキョロキョロと辺りを見まわすしかできなかった。

「マコたん、こいつ……」

のぶゆんは汚いものでも見るように、猪熊を蔑んだ目で見降ろしている。

誠は、のぶゆんに言った……。

「ほっとけ」

すると、のぶゆんは猪熊にプロレスの技を掛け、床に跪かせた。

悲痛な声を上げる猪熊。

「おゆるしをー」

猪熊は恐怖のあまり鼻水を垂れ流しながら、泣いて許しを請うた……。

誠は、猪熊を哀れに思った。

誠のそんな気も知らず、のぶゆんは猪熊の頭を拳で小突く……。

「ゴツゴツ」

猪熊の恐怖は頂点に達する。

そんな様子を見ていたみんなは、猪熊の没落に、「いい気味だ」と興奮した。

すると、皆の中の数人が、猪熊から受けた日頃の恨みを、のぶゆんのように晴らしたいと思って猪熊への敵意をあらわにした。

いったん流れ出したその流れは、誰も止めることはできなかった。

誠は、そろそろ潮時と思い、引き上げの頃合いをうかがいはじめた。

「その辺で止めたら……」

誠は、のぶゆんに言った。

「ん」

のぶゆんの反応が良くない……。

誠は、それに腹を立て、キッと睨んで一言……。

「止めろ」

のぶゆんは、つまらなそうに一言……。

「ちぇっ」

のぶゆんは、猪熊をいたぶるのを止めた。

そこで誠は、長い夢から覚めた。


誠は気づいた。

……そうかアイツがいたか……

誠は、早速のぶゆんに携帯をつないだ。

誠は、のぶゆんと夜が更けるまで話をしていた。

翌日、誠達の（シマ）に、のぶゆんがやってきた。

光ちゃんは、屈強なのぶゆんを見て感嘆の吐息を漏らした。

「凄いぞ、のぶゆんさん」

光ちゃんが目を輝かせている。

リサが、そんな様子を見てにっこり笑う……。

「マコたん、こんな凄い人が友達なんだね……」

「まあね」

悠作は彼に興味を示し、誠の顔の広さに驚いていた。

のぶゆんは、誠と誠の仲間達に歓迎されて大喜びだった。

「オス」

それは、口数の少ない、のぶゆんの喜び方だった。

現実の世界でも、のぶゆんの働きは夢の中と同じで、猪熊の我がままを抑えることができた。

綾香はのぶゆんを陰から見ていて、そのささくれた分厚い手に感心していた。

悠作が言った。

「のぶゆんさんは、あんまり喋らない人なんですね」

光ちゃんが一言言った。

「うん、でも、カッコいい」

そう言って光ちゃんは何度も頷く……。

リサが言った。

「そうね、のぶゆんさんは、ここの用心棒がいいんじゃないかしら……」

一同は「ははは」と、笑いあった。

そこに、のぶゆんの笑顔があった。

のぶゆんは余り喋らないが、誠の仲間たちは、そんなのぶゆんを、好意的に受け入れている。

そんな様子を、誠は嬉しそうに見ていた。

以前、のぶゆんの堪忍袋の緒が切れて、辺り一帯を彼と一緒に修羅場にしたことを思い出した。

のぶゆんには、長所が欠点に変わる怖さがある。

あれから、のぶゆんは変わったのだろうか？　そして、あれから私は変われたのだろうか？　……

そこで、誠は、のぶゆんの所に行って彼に申し出をする。

「どう、ここに通ってみる？」

のぶゆんは、『うん』と頷いて、その申し出を受けた。それから、のぶゆんが利用を申し込んで入って来るのに時間はかからなかった。

今は、体験利用の期間を過ごしている……。

のぶゆんは、自分の居場所が見つかって楽しそうだ。

誠がのぶゆんに言った。

「のぶゆん、みんなのところに来ないか？　……」

誠はのぶゆんにほほ笑むと、のぶゆんを連れて悠作や光ちゃん、リサに綾香達のところに行った。みんなでお喋りをして一緒に楽しく笑いあった。

それから何事も起こらず、平穏な毎日が続いた。

一方、猪熊は、自分の価値が低くなったことが受け入れられず、誠を懲らしめようとしても、一向にその見通しが立てられなくて、人知れず悔し涙を流して周りの人達を恨んでいた。誠がそんな猪熊を見たのは、その時が最後で、それ以来、誰も猪熊を見ることは無かった。

いつの事だったか、「猪熊は、退所したんって」と誠に話した人がいた。

誠は、「そうか」と天を仰いで呟いた。

猪熊の復帰

誠は寂しかった。猪熊がいた頃にあった高揚感が、今の作業所「ハトさん」に無いのが不満だった。

誠は、その不満を引きずりながら、少しさびしくなって、軽い鬱になって、作業所「ハトさん」での毎日を送っていた。

そんなある日、誠は作業所「ハトさん」の近くの公園で、屋根のあるベンチに座っていた。見上げると、そこはドングリの実が膨らんでいる。誠は、これからのことを考えてボーっとしていた。

すると、ポケットに手を突っ込みながら背中を丸めて、寂しそうに道を歩いている猪熊を見つけた。

猪熊もこちらに気づいたようだ。

そこで誠は、手招きして猪熊を誘った。

すると猪熊は、肩を怒らせて誠のところにやってきた。

「おう、誠！」

「猪熊」

誠は、猪熊にまだ力が残っているのを見て安心した。

猪熊は誠の本心が分からなかったが、誠への復讐の機会を得て目を輝かせた。

「猪熊、ハトにこないか……」

「おっ、いくぞ、いくぞ、いくってばよ」

猪熊は大喜びして、その申し出を受けた。

猪熊は作業所「ハトさん」に来ると、早速昔の仲間を集めて、誠の仲間達を脅かすようになった。

誠の意図は、そこにあった。

猪熊を悪役に仕立てて、あの頃にあった高揚感を取り戻すのが狙いだった。

しかし誠の仲間達は猪熊の出現に恐怖して、誠の元に集まってきた。

仲間たちは、みんな物言いたげな様子だった。

「みんなの気持ちは、分かる。少し辛抱してくれ」

「嫌だ」

そんな光ちゃんの声もあったが、「誠が言うなら」と言うリサの一声で、仲間たちは猪熊を受け入れることになった。

でも、怖いのは猪熊も同じだった。

猪熊も誠も、リサも、光ちゃんも、その他大勢の人達は、お互いにプルプルと震えだした。

誠は思った。

……このプルプル感が、たまらん……

誠とその仲間達は、このプルプル感から逃れるために、休憩時間に面白い話をしたり、カードゲームに興じたりして、その恐怖から目をそらして過ごしていた。

誠は思った。

……おっ、活性化しているぞ……

でも、時々、猪熊が嫌がらせや破壊工作をしていることに、誠の仲間達の不満は高まっていった。

誠は、対応に苦慮していた。

すると、綾香が見かねて誠に声をかけた。

「あなたが、猪熊を受け入れた選択を支持します……」

「?」

誠は綾香の話を怪しんだ。

綾香は続けた。

「あなたは、誰も見捨てない強い心の持ち主だから…」

誠は思った。

……そういう訳ではないんだけど……

綾香は普段の愛くるしい姿に戻って、笑顔で誠に提案してきた。

「猪熊さんと誠さんの争いは、意見の違いからなんでしょう……」

誠は不思議そうに思いながら、綾香の言葉を聞いた。

……第三者から見るとそう見えるのか……

困惑している誠には、考えられない発想だった。

綾香は言う……。

「相手と意見が食い違う時は、敵意をむき出しにしないで、相手を敬愛している気持ちを言葉にも行動にも表すように努めることが大切なんです」

誠は反発する。

……そんな馬鹿な……

誠は、今まで相容れない相手は、罰して導く事が大切だと考えていたから、容易にその話を受け入れることができなかった。

でも、誠は綾香の話について思うことがあった。

いつも優しい綾香のことだから、自分のうかがい知れない真実がそこにあるのだろうと思い直した。

そう思ったのは、現実的に猪熊の抵抗に打つ手が、もうなかったからなのかもしれない……。

それは、秋が来て、植物が大きな実を実らせて、次の世代に繋げるために必死な季節でもある頃だった……。

幸せの果実

それから誠は、猪熊と顔を合わせると、目を合わせることはできないが、目線を鼻の下あたりに付けてにっこり微笑むことなど、最低限の礼を猪熊に尽くした……。

それに対して、猪熊の反応はというと……。

猪熊は、「気持ち悪い」と言って嫌な顔をしてみたり、訝るような顔をして不快感を露わにした。

……なんだ、コイツ……

誠は、激しい怒りを感じた。

けれど、誠はその怒りを抑え、綾香が温かく見守る中で綾香の言葉にしたがい、皆は仲間だという意識をもって、誠の仲間や猪熊や猪熊の仲間たちに礼儀正しく振舞う努力を続けた。

すると、その甲斐もあって、少しずつ彼らとの軋轢が改善していった。

その温かさの中で、猪熊はいろいろな人に諭されるようになって……猪熊は反発しながらも、その言葉に耳を傾けるようになって、自分がどんなに破滅的行動をしていたのかということに気づいていった。

それから、誠と誠の仲間たちは、猪熊たちを抱えながら、いつものように漬物切りの作業を協力してやっていた。

例外は、仲間達を守る役目の「のぶゆん」で、仲間達は「作業をしよう」と「のぶゆん」に勧めないことが暗黙の了解になっている。

悠作はこの一件の後、何となくポジティブになって、仲間と前より深く学びを通して関わるようになり、誠は嬉しく思っていた。

誠が旗を振る漬物切りの作業に問題がなくなると、支援員さん達は別の遠くのテーブルに移っていった。

遠くのテーブルから、支援員さん達は時々彼らの様子を見ているようだ。

そこでは、（シマ）に6つあるテーブルのうちの2つのテーブルに新聞紙を敷き、そこに漬物切りの作業の材料を置いて作業をしていた。

彼らは、漬物切りの作業に加わった新入りの仲間たちに、漬物切り作業の手順を説明していた。

ただ、誠は、数あるいろいろな漬物切りの作業の内容を、全部知っているわけではない……。

分からない時は、昔から作業をしている光ちゃんや綾香に、助けを求めることが今でもある。

「この葉、腐っているんだけど、どうしたらいい？」

「これも、脇に除いた方がいいですかね？」

すると、綾香と光ちゃんから、「それ、使っちゃえば……」

そこで誠は、光ちゃんと綾香に返事をする。

「そうね、ありがとう、そうするよ……」

誠は自分の分かるところは新入りに説明して、分からないところは、長年やって経験のある仲間の人達にやり方を聞いて、説明してもらいながら、漬物切りの作業を進めていった。

そうやって作業のやり方を説明していくうちに、誠はだんだん仲間たちの特徴的な動きに余裕で対応できるようになり、相手を知らないという不安が減って安心感が生まれると、安定的に作業を進めることができるようになっていった……。

そんな様子を、猪熊がじっと敵対心をあらわにして見つめていた。やがて、作業について説明することがなくなり、もっと広範囲な仕事の連携、例えば、報連相の「声のかけ方」の作法に及ぶようになっていた。

作業所の彼らは思った。

……さあ収穫の時だ……

激動の日々の後、誠と誠の仲間達は作業所「ハトさん」の部屋の一つである、キッチンと沢山のテーブルとイスのある部屋にある頑丈そうな白い冷蔵庫の中で、増殖してたわわに実った幸せの果実を楽しそうに収穫する。

すると皆は、両手いっぱいの果実を作業場テーブルに押し広げた。

椅子に座って、お互いの顔を見合わせると、収穫の喜びに思わず皆の笑顔がこぼれる……。

やがて、クロウが、「頂きます」と言って果実を食すと、皆もそれに続いて食べ始めた……。

それは皆を、何とも言えない、幸せな気持ちにさせた。

そんな幸せの果実のおこぼれに、猪熊達も皆と一緒にありついた……。


綾香が、誠のところに来た。

「よかったね」

「ああ」

綾香は嬉しそうだった。

「あのね、貴方に言いたいことがあるの」

「何？」

「猪熊さんはね、父親を若くしてなくしたの……」

「そうなんだ」

「私の想像なんだけど、猪熊さんは、お母さんを守るために、あんな風になったのよ……貴方も母親を亡くしているからわかるでしょ……」

誠は、猪熊の意外な話を聞いて考えた。

「ほんとは、良い奴なのかもしれない……」

「そうよ」

そういって、綾香はにっこり笑った。

この日、作業所「ハトさん」の皆は、幸せなひと時を満喫していた……。

やがて、幸せの果実を食べ終えると、テーブルの上の食べカスを片付けて、元の作業場に戻った。

結局、誠はボス・キャラにはなれなかった。

癒しキャラになれたのかどうかも分からない……。

今日の作業が終わると、誠はリサを呼んだ。

「おおー、リサぽん、帰るぞ……」

「あぁぃ！」

誠は、リサを載せて車を発進させた。


光ちゃんと悠作は既に家に帰っていたが、綾香にぞっこんの猪熊は、綾香にキツイお灸を据えられて、渋々綾香と2人で彼らを見送った。

猪熊は、誠とリサを恨めしそうに見ていた。

誠は、この一件で、あんなに強大だと思っていた猪熊が少し小さく見えた……。

やがて2人が帰る途中に、誠は、薄暗い空を見上げた。

雲が切れて、太陽の光が差し込んできた……。

「眩しい」

夏が終わり、山は一面の紅葉を映し出している、誠とリサは秋の訪れを感じた……。

誠はリサと一緒に、その時代（季節）を一直線で走り抜けていった……。

確かに、彼らを待っているのは冬の道、でも、きっと、力を合わせれば乗り越えられるだろう……。誠には、未来のことは分からないけど、冬のトンネルの向こうには未だ見ぬ新時代が彼らを待っている。

著者あとがき

この物語を完成するには、多くの月日をつぎ込みました。そこには、いろいろな人達の助けが、ありました。

決して1人で作ったものではありません……。

作業所の支援員さん達や、作業所の友達、ホンポートや、新津図書館の学芸員さん、親戚の皆さん、病院の皆さん、近所の皆さん、最大の理解者である父などの助けがあったからです……。

私は、もともと貧乏な暮らしをしてきて、あまり玩具を買ってもらった記憶がありません。

私は、もっぱら学校図書の「怪人二十一面相」や「アルセーヌ・ルパン」などを読んでいました。

そのおかげで、結構、怪しい人間？　になりました。

自我の芽生えるころ、母が緑のハードカバーの「坊ちゃん」や「三四郎」、「二十四の瞳」などを読み聞かせてくれました。

そんな私ですが、ひとつみんなと違うのは、私には精神障害の他に、身体的な欠損（内部障害）が、あることです……。私はそのことで、子供の頃から、いつも母と対立していました。

母は、私の病気の事を、私には一切教えてくれませんでした。

理由は、病気に逃げ込んで、ろくな人間にならない、という、アンフェアーな考えからでした。

私は、成人して社会に出ると、内部障害の欠損を隠すことができなくなって、恥ずかしい思いを沢山しました。

そのことで自分を責め、周りの人達を恨み、精神障がい者になりました。

母は、間違っていました。病気を理解しなければ、病気を受け入れることはできません。

しかし、精神障がい者になって暫くすると、母は交通事故で亡くなりました。私は、自分の苦しみを訴える対象を失いました。するとと、私は、苦しみを訴えることが怖くなりました。その状態は、母に向かっていた刃が刃先を変えて、自分の喉元に突きつけられたような、死にたいほど、辛いことでした。

そんな時、自分を支えたのが、作業所に来たアルバイトの若い女性がくれた、私への愛と本の存在でした。私は、戦争の本や、宗教の本、生態学の本や、お金についての本、侍のことについて書いた本や、心理学の本に、はまりました。いろいろ本を読んでいるうちに、私も本を、生活の場である作業所の様子について、創作小説を書きたいと思いました。

結構、頑張りました。

と言うか、それしかできなかったのです。

私は幻聴が聞こえていて、何かに集中していないと、幻聴に飲み込まれてしまうからです。

必死に本を読んで、集中しました。

幻聴との戦いの後はへとへとに疲れてしまい、とても、運動しようという気にはなれませんでした。

できるのは、鉛筆を握りしめることだけでした。

あれから鉛筆を握り、16年の研鑽の末、文章の技量が上がり、その結果、何とか本に仕上げました。私は何かに秀でれば、草原に捨てられたナイフのように、誰かが見つけてくれると思って頑張ったのです。

旅行にもいかず、ネオン街にもいかず、博打もやらずに、酒を少々飲んで、タバコを吹かして、生きてきました。

それは、とっても、つまらない人生だったのです。

今では、私は、念願の実家からの独立をはたして、アパート暮らしを始めています。

生活は困窮しています。すると、最近、父から生活費として、お金を幾らか援助してもらえるようになりました。

それは、困窮している私にとって、とってもありがたいことでした……。


私が若い頃にした苦労が、今、報われようとしています。

私は、この小説を仕上げたことで、形にしたことで、越えなければならないひとつの関所を何とか越えたという、他人には理解できない安堵感があります……。

私は、これからも文章を書き続け、作品を仕上げることで、いくつもの関所を踏み越えていきたい……。確かに、将来のことは分かりませんが、世の中に興味をもって、何でも挑戦していきたいと思っています。

最後に、今まで、優しい気持ちで関わってくれた多くの人達に、『ありがとう』

と、心からの感謝の気持ちを、伝えたいです。

……では、縁があったら、又、会いましょう……

あらいぐまさん

21歳の時、統合失調症を患う。23歳から執筆を始める。45歳の時、精神病が寛解（かんかい）。現在55歳。通院しながら執筆を続け、今に至る。好きな言葉「ありがとう！」。嫌いな食べ物「特になし」。体調良好です。

作業所『ハトさん』

2024年10月11日　第1刷発行

著　者　　あらいぐまさん

発行人　　大杉　剛
発行所　　株式会社 風詠社
〒553-0001　大阪市福島区海老江5-2-2 大拓ビル5 - 7階
TEL 06（6136）8657　https://fueisha.com/
発売元　　株式会社 星雲社（共同出版社・流通責任出版社）
〒112-0005　東京都文京区水道1-3-30
TEL 03（3868）3275
印刷・製本　小野高速印刷株式会社

ISBN978-4-434-34773-3 C0193